KB110401

공중 묘지

공중 묘지

성윤석 시집

민음의 시 140

민음사

自序

지나다니며, 유독 눈길을 끄는 무연분묘 한 채가
있었다. 유족들이 버린 게 아니라 마치,
스스로 모든 것을 거부하는 듯, 쇠뜨기,
바랭이, 쑥부쟁이로 치장을 한 죽은 자의 집.
바로 옆에서
이게 바로 맑은 초록이라고 말하는 듯 바람에
풀씨 날리는 장관을 연출하는 공동묘지는
죽음이 우리에게 주는 유머일까. 너희들의
방은 어디냐고. 그 방의 불빛은 오늘 밤도
환하냐고. 언젠가는 버림받거나,
버릴 공중의 방.

아직 젊은 아우가 죽자, 그나마 어머니는 작은방과
TV와 가구들을 내다 버리고 스스로
정신병원으로 걸어 들어갔다. 더 이상 아무것도
필요치 않은 어머니를 생각하며 앉은,
60년대에 지은 낡은 묘지 관리 사무소 앞에서 며칠
전부터 뻐꾸기 한 마리가 날아와 온종일 울다 간다.
어디 알을 잘못 낳아 놓았는지 지치지도 않고
뻐꾸기는 운다. 그리고 어두워질 때까지 혼자
앉아 있는 나에게 말한다. 내가 네 어미란다. 너는
남의 둥지에 방을 빈 뻐꾸기 새끼란다.

2007년 여름
성윤석

차례

2

3

작품 해설/서동욱

1

사자(死者)의 서(序)

가령, 회전문을 열고 들어가서, 다시 회전문을 열고 들어가서 나온 길이 처음 들어간 그 길이라면, 가령 벗어났는데 벗어난 것 같았는데 몸은 그대로요, 마음도 그대로였다가 이윽고 눈도 없어지고 콧김도 사라지고 입도 없어 단지 어떤 느낌만 있었는데 가야 할 길과 돌아가야 할 길이 아무래도 내가 어쩔 수 없는 산길 조그만 집에 가위로 오려진 흰 종이 하나로 보였다가

아아 이젠 무엇으로도 살 수가 없는 대낮이었다가 나의 약점들, 사랑해서 생긴 나의 약점들인 아내와 어린 자식들이 그제서야 떠올랐다가 어머니가 계신 정신 병동이었다가 한 번도 생각하지 못했던 어머니의 남자에 대한 그리움이었다가

내내 내리던 수많은 빗방울 같은 망설임, 처음 가는데도 와 본 듯한 골목길 뛰어나오면 다시 그 골목길, 본래 이 세상의 하나였으니, 하나는 이 세상의 것이니, 세상 그 자체였으니 이렇게 듣고 있는 나,를 깨닫고 있는 나, 그때서야 무언가 어렴풋이 감지하기 시작했는데 그리고 처음으로 욕

심이란 것이 생겨나기 시작했는데, 감지되는 그것은 하나의 점이었다가,

태초인 것이었는데 가령, 하나의 눈동자였다가, 코였다가, 아함 벌린 입속의 혀였다가 그것은 물속의 것이었는데

갑자기 엄청난 힘이 생겨 무엇인가를 꽉 붙들 수 있을 것 같기도 하였는데

가령(假令), 나는 그때 가령(假靈)이었을까, 무엇이었을까.

개장(改葬)

열어 보니 그는 없더라.
검은 흙 한 움큼만 그가 떠난 자리
테로 남았더라.
그는 퍼레지고 짓물러지고
눈알은 흘러 툭 굴러가고 끝내는
썩어 무언가의 일부(一部),
무언가의 전부(全部)를 데리고
가 버렸더라.
작업반 노인네도 잊어 가는
새끼줄 한 올로 태울
그의 그 무엇도 없어라.
그는 어느 물결
어느 순간에 지푸라기를
잡는 심정으로 콱!
모든 걸 잊었으리.
오오 생(生)은 언제나 너에게로 와서
나에게로 온 것이었으니

공중 묘지 1

비석도 상석도 없이 무연분묘 한 채 언덕에 있다. 활개도 축대도 없이 묘지의
일생도 없이 푸른 알을 반만 덮은 채 묘지 인부들의 호명도 없이 무연, 시외 주차장과 공원의 벤치와 극장을 나오며 지었을 웃음소리와도 이젠 무연으로

집이자 몸이고 살이자 뼈이고 가슴이자 마음인 껍질마저 흘러내릴 흙으로
꾸민 채 납골당과 수목장으로 번져 가는 장사법과도 무관하게 아무 일도 없이

이 분묘를 작업한 인부를 찾았으나, 죽고 없다는 대답만 들려올 뿐, 도대체 누구인지 알 수 없는 항상 마흔한 살인 사내. 2회의 개장 공고와 묘적부에서도 지워져 버린, 아무것도 알 수 없고 아무도 알려 하지 않는 연고 없는 무덤 한 채 저 언덕 위에 있어

내 입술을 덮은 당신의 입술과 수묵정원, 어깨를 타고 흐르는 구름과 가난하나 밝은 창가의 불빛, 늦은 저녁의

맛있는 식사와 달을 가리키는 당신의 야윈 손가락

저 무덤 속을 빠져나와 이 지상의 공중에 낡은 액자처럼 걸리고 또 걸리고 있음을 알겠다.

공중 묘지 2

묘지 입구 관리동 화장실 옆 둔덕 위 소나무에 오늘은 긴 줄이 묶여 있다.
명절 때면 누군가 야밤에 혼자 올라가 내려오지 않아 이튿날 아침 앰뷸런스가
가끔 올라가기도 하지만, 그래서 더러는 누군가가 죽고 누군가는 간신히
살아나기도 하였겠지만,

소나무 가지가 좀 빈약해 보이기도 하고 줄이 튼튼하지 않아 보이기도
하는데, 아버님께 뼈를 빌고 어머님께 살을 빈 뒤 콩나물과도 같이 밑 없는
독에서 자라났을 누군가가 매달아 놓고 그냥 가 버린 줄 하나가
허공에 바람결에 새기고 있는 문장들

너무 높게 매달았어. 혹시라도 내려오긴 싫었던 게지. 그래서 실패했는지
몰라. 작업반의 눈길이 아니더라도

한동안은 아무도 풀지 못할 빈 줄 하나가
바람을 탄다. 아무도 읽어 내지 못할 비문을 어깨에
메고 밑 없는 국도 쪽으로
그는 언제 내려갔을까.

공중 묘지 3

서울에서 행려로 죽으면 대부분 정 씨에게로 간다.

한 달 만에 발견된 주검이나, 노숙의 끔찍한 상처, 미혼모가 버리고 간 쓰레기통 속의 아이를 우리가 볼 엄두가 나지 않기 때문이다.

바람 부는 날 자살했으나 뒤늦게 발견된 미인의 얼굴과
형체를 알아볼 수 없는 뺑소니차에 치인 사체의 얼굴을

거두어 온 저 늙은 손, 거리에서의 죽음을 그는
안다. 한 사람 한 사람 제 몸에 안기고 묻혔음을

서울에서 떠돌던 그들이 정 씨를 몰랐듯

지상에서의 끝은 시립 병원 어두운 영안실 같은 곳

그때 나는 세상을 떠난 줄도 모르고 밥을 먹고
버스를 기다리고 여자의 입술을 훔친 건
아니었을까.

그때 누가 나의 함몰된 얼굴을 만졌을까.
누가 나의 깨져 버린 어금니에 철심을 박아
입술 모양을 되살려 줬던 것일까.

공중 묘지 4

거대한 비눗방울 속에 아이들이 들어가듯
21세기의 나에겐 그런 집이 필요했던 것일까.

걸어간다.
바람 속에 집이 생긴다. 다시
되돌아간다. 공기 속에 집이 생긴다.

경의선 대곡역 안개 낀 논두렁에
벌써 나의 방이 생기고, 또 살림을 차리고 싶다.

나는 벌써 갑갑하다. TV를 안 보는 훈련이
지난주로 끝이 났고
도착지 전 역에 내리는 연습도 이젠
지겨워졌어.

걸어간다. 자동차란 얼마나 거추장스러운 것인가.

살아 있는 사람이 아무도 없는 사진 속 옛 요리집 풍경

나무에서 피는 꽃 속에 다시 집이 생긴다.

나는 한 번도 제대로 집에 돌아가지 못한다.

공중 묘지 5

아직은 넘어가지 않겠다.
벚꽃들이 난교를 하자고 꼬여도
목련과 도화가 부는 바람에 집단 자살을 하자고
그래도

술과 아름다운 구두들과 남몰래 흐르는 눈물이
있는 거리이거나
모르고 살았던 내 사람의 아픈 상처 하나쯤
뒤늦게 발견한다 하더라도

아직은 넘어가지 않겠다.
꿈은 가끔 선명하고
손가락이 닿은 곳마다 환한 방이
나뭇결에 4월의 물결에 생기고 있으므로

촬영된 두개골에 새로 생긴 흔적
처음 보는 나의 해골에
움푹 파인 눈구덩이
저곳이 나였음을

저곳에서 다시
생각하면 아픈 얼굴들이 떠오르고 있으므로

공중 묘지 6

자고 일어나면 주위엔 묘지에서 떠 내려온 시체들뿐이었다. 1830년 런던 시내 묘지들엔 시체들이 가득했다. 생엔 가득 큰 물이 자주 일었다. 창문을 열면 떠 내려온 시체 몇 구가 나뭇등걸에 걸려 있었다. 혀를 빼물고 사정한 뒤 죽은 청년의 모습은 보이지 않았다. 유골들을 찍어 올리던 갈고리는 석재상 사무실 셔터 문을 내리는 데 팔려 갔다. 아버지의 뼈를 찾지 못해 남매는 악을 쓰고 울었다. 농약을 먹고 엎어진 중년의 몸에선 소화하지 못한 이 세월의 역겨운 냄새가 났다. 유족들은 자주 애완견을 묘지에 버렸고 남은 개는 떠돌이 개들과 차례대로 흘레붙었다. 동네 사람들은 묘지 입구를 경운기로 막았고 묘지 위엔 까마귀들이 떼를 지어 날아올랐다. 나는 까마귀의 여정을 생각했다. 어두운 상점에선 수의와 잔디와 이장관을 대폭 할인된 가격으로 팔았다. 끝장이야. 비작업반들은 침을 뱉으며, 산을 내려갔고 활개와 견치석들은 너무 자주 허물어져 내렸다. 포클레인의 삽날이 땅에 묻은 엄마의 얼굴 가까이로 가자, 처녀는 발을 동동 굴렀다. 사람들은 더 멀리, 더 안 보이는 곳으로 묘지를 밀어냈다. 결혼을 했음에도 나는 밤마다 연애편지를 썼다. 내가 돌아가는 집은 다 네게로 가는 길 위 여관일 뿐이야. 사랑했었던 나의 끝이자, 무덤인

1과 8 사이엔 무엇이 있나

1

이상하다. 나는 변태인가.

욕쟁이 할매가 해 주는 밥이 너무 맛있고

빌어 처먹을 놈 할매가 욕할 때 울면서 먹는 밥이 땡기고

결혼도 선배님 하며 졸졸 따라다니는 문학소녀보다

이 손으로 뭐 해 먹고 살겠어요? 하는 소녀랑 했으니,

시인과 소설가 나부랭이들이, 촌티 나는 내 얼굴을 가지고 빈정댈 때

(지들은 잘생겼나?)

비로소 시가 떠올려지니,

나는 변태인가.

새로 들인 경리가 내가 나무란다고

메모지에 휘갈겨 쓴

'저 변태 새끼, 뒤통수를 확 갈기고 나가 버리고 싶다. 씨발, 개새끼.'

그걸 본 순간 아, 내가 직장인이구나,

머릿속에 각인되니,

월급날 지하 무허가 단란주점에서

순진한 후배 불러내,

무슨 무슨 미시족
손 한 번 겨우 잡아 보고 허리 한 번 겨우 껴안아 보고
지갑째 털리고 어두운 골목을 혼자서 걸어 나올 때
비로소 다시 돈 벌고 싶어지니,
아무래도 나는 변태인가 보다.
그 흔한 수갑도 없이,
채찍도 없이

2
사람 얼굴만 한 시가 어디 있을 것인가.
정신병원 들어간 지 일 년 만에
모든 기대가 다 사라진 어머니의 얼굴
이제 남은 소원이 있다면
같은 병동에 있는 젊은 친구, 나에게 취직 부탁하는 일.
사회생활이 되면 이 병원에 있겠느냐고
원장은 흘려들으시라지만,
그 젊은 친구 얘기할 때만 웃으시는 어머니,
어머니, 일찍 죽은 남편은 고사하고
집 앞 시장 옷 가게 하는 홀아비와

유진세탁소 주인 아버지와
공원 관리하는 김씨 할아버지의
얼굴들은 다 어디다 팔아먹으셨어요?

3
안마만 하면 된다고 그랬는데

저만 믿으면 된다고 했는데

여기서 기다리라고 했는데

꽃만 피면 된다고 했는데, 돈만 투자하면 된다고 그랬는데

배만 들어오면 된다고 그랬는데, 시멘트만 비비면,

삽만 뜨면, 이제 눈만 오면,

해만 바뀌면,

이 게임만 끝나면,

굿이나 보고 떡만 먹고 있으면 된다고 그랬는데……(요)

이 생이 끝나 가도록

세상의 하얀 목련이 다 지도록……(요)

4

구름 삼천 장과 빗방울 천 마디가 있다.
넌 뭐 할래.
굵은 별 서른 개를 너에게 보내고
나는 다시 묻는다.
넌 뭐 할래.
꽃집에 꽂힌 장미 백 송이를 세어 보다가
나는 묻는다.
너 이젠 뭐 할래.
백 개의 병원과 방이 칠백 개 달린 아파트와
눈동자가 서른 개 달린 지하 주차장이 있다.

너 정말 뭐 할래.
너 정말 힘내어야 한다.
힘내서 나에게도 좀 주렴.

5

애인과 함께 갔던 고급 레스토랑을
처자식과 함께 가 보는 사내의 심정처럼
12월은 겸연쩍다.
노오란 은행 잎이 행인들의 마음에
먼저 깔리는 홍대 앞과 극동방송국 사잇길이
고마울 수도 있고
납작만두 집과 요절한 음악인 판이 유난히 많은
지하 술집을 나는 자꾸 찾아올 수도 있을 것인데
아내의 사랑도 분명 준비한 그것은 아니었을 것인데
12월은
은행 잎 수천 장으로도
아내를 솟구치게 한다.
높이 더 높이
잠시나마

12월의 포도에

세워지는

여자의 깃발

6

머리 셋 달린 용의 끝: 용미리에서

경기도의 첫눈을 맞는다.

직장에 출근하는 일이, 세상에

남의 어깨를 밀며 나아가는 일이,

머리 셋 달린 용과 싸우러 가는 일이라면

나는 그동안 대가리가 잘린 줄도 모르고

하천 변을 뛰어다닌 닭 격이었던 것

(당신은 팔리기를 원하는 염소인가. 집에서 먹기만을

원하는 염소인가.)

용의 꼬리는 보이지 않고

죽은 자들의 물적 토대 견치석들이

날로 쌓여 가도

남의 차(속)는 올라타도

내 차(속)는 절대 내주지 않으려는

7

귓속 돌이 떨어져 나가고 만 이석증을
앓고 난 이후부터 앉아서 자는 날이 많아졌다.
미쳐 버리고 싶은데, 미쳐지지 않는* 늦은 밤 사무실의
사십 대처럼 빙빙 돌지는 않는데
가끔 뒤로, 뒤로,
정신의 불빛이 나가 버리곤 한다.
세상의 도움이란 이제 없는 것이다.
나에겐 정리되고 끝나는 일이란 없었다.
구름이 가까이 오면
발을 대보려 했을 뿐.
그곳에는 어떤 사람의 내력이
고여 있을까.
앉아서 자는 날엔 늘 귓속 돌이 떨어져 나간
자리가 궁금해졌다.

8

구름 아래에 서서

사내는 본다. 그것은 낡은 묘지 관리 사무소 벽면을

기어가는 오래된 빛 같은 것이었다. 그것은 만져지지

않는다. 사람들이 늘 손으로 휘저을 뿐, 그것은 시간이다.

시간은 책과 겨울 스웨터에 잘 새겨진다.

그것을 기록이라

부르지 않을 뿐이다.

시간은 낡은 유리창의 한 귀퉁이를 깨트리고

옛 애인의 뺨을 때리듯

벽면을 어제의 창고 쪽으로 돌려놓는다.

버스를 타고 나가면 지척인 거리에서

가장 빠르게 흐르는 건 젊음이다.

흥! 젊음이라고

사내는 가끔

뒤를 향해

어이! 어이! 하고 불러 본다.

세상에 우위란 있는가.

사내 뒤에 구름이 서 있다.

200쪽이다.

* 이인성의 소설 『미쳐 버리고 싶은, 미쳐지지 않는』을 차용.

죽은 자들의 아파트에 눈이 내릴 때

죽은 자들의 아파트에 눈이 내릴 때
나는 무덤을 파고 아래로
아래로 내려갔지요.
산역(山役) 작업반들이 온 산의 눈발을
치우러 간 사이였지요.
나는 지난가을에 발견한
산마를 캐기 위해
무덤 아래로 아래로
내려갔어요.
그 아래 들에는 일찍 죽은
아버지도 보이고
서른일곱에 죽은
아우도 보였지요.
사무실 테이블 위에
펼쳐놓고 온 100 구역
300 구역 B 지역
묘적부가 떠올랐지만,
지난가을에 끝도 없이 내려간 이 산마의
뿌리를 어쩌겠어요?

눈이란 눈은 계속 내리고
수만 기의 봉분들은
눈발 속의 사내 하나를 모른 척
버려두었지요. 400 구역에서
300 구역 사이 목포의 눈물 이난영 묘지*를
지나온
이제 눈송이를 다 쏟은 구름 하나가
내가 파 들어가는 구덩이 속으로
따라 들어왔지요.
주인은 안 계시네요.
지난가을 요추 1번 뼈부터
정중히 작업반원이
모셔 갔더랬어요.
삽을 들고 파고 또 파고 내려가도
이놈의 산마는 끝도 없이 내려가 버리고 말았네요.
나는 그만 포기했어요.
너무 뻔해서 같이 안 잔 여자처럼
그때까지 따라온 구름에 발이나 대보며,
산마의 뿌리를 딛고

다시 올라왔지요.
묘지들의 언덕엔 눈보라가
앞이 안 보이도록 날리고
언덕 위 나선의 끝 눈발 사이로
언뜻
산역 인부 하나가 삽을 들고
무덤들을 내려다보고 있는 게 아니겠어요.
자신의 영화를 혼자서 돌리고
또 돌리는 실패한 영화감독처럼
— 자네 이제 묘지 관리인이 다 되었네.
칭찬해 주던 그 노인네는 은퇴해서도
이 묘지를 떠나려 하진 않아요.
죽은 자들의 아파트.
이런, 이제는 찾아오지도 않고
관리비가 연체된 분들이 너무 많아졌어요.
어디로 가 버린 걸까요?

모두들 구름 같은 분들이겠죠.

* 2006년 용미리 서울 시립 묘지에서 목포로 이장하여 수목장(樹木葬)으로 안장됐음.

소라

복수는 아무나 할 수 있는 것인가.
잘려 나간 필름처럼
복수를 못 할 바엔 잊는 게 좋은 것.
어젯밤의 의지와 능력은
벌써 쓰레기통에서
생과 함께 늘어진다.
쳐들어와도 나는 안 나간다.
껍데기도 없이
투구도 없이
내놓고 사는 것들은 쓰레기다.
흔적도 없이 사라진 무연분묘
찾아오게 해 놓고
결국 소라는 없는 것.
소라는 결국 소라에게 복수를 한 것이다.

알박기

부엌문 밖 마당이 20미터나 까뭉개져 버렸는데도
끝까지 집을 내주지 않는 자가 세상에 있다니,
혼자 섬을 만드는 재주 놀랍다.
착한 시란 공익광고와 같은 것이야.
발밑이 순간순간 끝 모를 곳으로 꺼져 버리는
혼란투성이의 생.
그래도 타인이 곧 구원이라고 말하는 철학자가
있었다니,
그래, 모든 나무들은 다 알박기를 하고 있지.
그들의 연대는 사실 징그러워.
나의 출발은 어디쯤이었을까.
아버지가 묻혀 있는 동그란 무덤 속
아버지의 살점을 자양분으로
살모사는 새끼를 낳자마자 죽고 낳자 죽고
두더쥐와 굼벵이와 들쥐와 구더기는 아버지의
평생 속고 속아 썩어 문드러진 가슴께에서
햇빛처럼 떨어지는 생을 향해
부글부글거리겠지.
지상에서 나는 절을 하네.

오늘도 예쁜 연예인이 자살을 하고
납골당으로 가고 있어.
납골 함 속에서 유골은 떡이 되거나
어떤 땐 구더기가 나오기도 하는데 말이야.
그들은 지상에서 추모의 기타를 울리네.
시집 달랑 한 권 내고 죽은 시인의 시집
이 시집 또한 알박기야.
혼자 만드는 시집. 놀라워.
나는 너에게 제일 먼저 내줄게.

아우가 죽었다

나는 이 모든 일이 영화라고 생각했다.
어머니는 기절했으며
조문객들은 낄낄대며 술추렴을 했다.
바람 부는 언덕에 상복을 입은 여섯 살 세 살 조카가
서 있었다.
흔들리는 미루나무가 아이들을 거느린 그런 풍경이었다.
대차에 실려 나온 아우의 흰 정강이뼈
아우는 연기를 정말 잘했다.
나는 극장 통로를 천천히 빠져나와야 했다.
그리고 다시 다음 극장으로 가는 고속도로에 있었다.
모든 작은 방들의 예쁜 밥솥들이
눈에 찍혔다.

일요일 1

일요일 교회 담벼락, 풍금 소리
파밭, 햇빛, 대낮, 일요일
음산한 태양…… 손에 쥐면 그 노른자위
박살 날 것만 같은 정오.
주점처럼 아직 잠든 도회의 숲.
교외. 그리고
아리고 찬 강물에 떠 내려온
여자 시체 하나가 있었다.
흔한 일이야.
사내들이 나와 (오오 이 땅에서 죽은 게 아니라고)
장대로 서로의 가슴을 향해
몰아붙이고 있었다.

풀과 빈 배가 바람에
버티고 있었다.
대낮, 일요일

일요일 2

하필이면 일요일에 그것들은 도착한다
그는 투덜대며 냉동 침대 위에 누워 있는
그것들 중의 하나를 덮은 흰 천을
걷어 낸다 사내의 흰 얼굴이 드러나고
진지하기만 한 사내의 얼굴 위로
그는 손을 가져간다 사내의 입술을 벌린 뒤
철 핀으로 양 입술의 속을 고정시킨다
이 사내는 우물의 도시에서 왔지
유족들이 집에서 기다릴 것이다
다음 : 그는 솜으로 사내의 모든 구멍들을
틀어막고 경동맥과 경정맥을 찾아 주사액을
주입한 뒤 사내의 모든 피를 뽑아낸다
접힌 입술의 속

이건 내가 아는 놈인데 살아선 저런 미소를
짓지 않았어*

다음 : 그는 능숙한 솜씨로 사내의 배 속으로
투관침을 꽂고 체액을 뽑아낸다

하필이면 일요일에 눈이 내리기 시작하고
그가 휴일 수당과 이직을 생각할 때
살아서 가질 수 없는 아름다운 얼굴의
한 사내는 완성된다
다음 : 이제 그는 사내의 세계가 담긴 냉동 서랍을
서둘러 닫고 교회 너머 바람의 도시로
퇴근한다
하필이면 일요일에 이러고 싶진 않았지만
그도 살아선 웃지 않는다

* 캐나다 영화 「키스드(Kissed)」의 대사 중 일부.

일요일 3

새를 잡아 발자국을 찍은 뒤 당신에게 보냅니다.
안개를 조그만 상자에 가둬 당신에게 보냅니다.
오늘은 밥을 커피 잔에 담았답니다.
라이터를 입에 물고 담배를 켰답니다.
한순간 집도 없고 창문도 없고 내가 누구인지
알 수 없었습니다.
내가 어떻게든 해 볼 테니까,
이 말만 기억나고 헛돕니다.
어떻게든 해 볼 테니까,
바람도 길도 나무들도 차례대로 스쳐 지나가도록
비켜섰습니다.
누가 저 많은 TV들을 공중에 걸어 놓았을까요.
왼쪽 눈이 퉁퉁 부은 아랫동네
포장마차 아낙처럼 세상의 시간들은 다 늘어지고
흐트러져 나는 이제 당신도 기억나지 않습니다.
오랫동안 편지를 쓴 뒤 당신에게 보냅니다.
세상엔 눈이 많아서
당신은 나에게 오지도 않습니다.
헛것들이 걸려 있는

일요일의 세탁소 앞에서

문득 당신은 혼자 아름답습니다.

나 없이 혼자서 골목슈퍼로 걸어가고 있는 당신

일요일 4

교외 숲 속의 모텔
그래 이곳은 모텔이다.
아주 큰 우산과 차량 번호를
가릴 차양이 필요 없다.
인생과 사랑에서 은퇴한 노부부가 주인이다.
하루에 한 번
청소원이 오고
우편배달부와
슈퍼마켓 배달부가
그들의 손을 흔들며 온다.
사흘에 한 번 구름이 오고
일주일에 한 번 청소차가 온다.
사랑이라고?
흥흥흥
노부부는 자주 서로를 보며 웃는다.
낄낄낄
이빨을 다 드러내고 박장대소를 하며
손사래를 치기도 한다.
남녀가 동반 자살한 방을 지나

요즘 부쩍
방 1실당 대출 가격을 매긴 은행원이
자주 찾아온다.
은행원은
모텔 앞 빨랫줄에 내걸린
수건의 개수를 세어 보고
이 모텔의
손님들을 알아차린다.
가끔 노부부가
슬쩍 수건을 늘려 걸어 놓기도
하지만.
사랑이라고?
흥흥거리는 노부부의 비밀을 알아내진 못한다.

불면

어디든 고개를 둘 수 없어.
고개를 허공에 두어야만 잠들 수 있어.
치명적이야. 고개를 갖다 대면
쉑, 지구가 돌아 버리니, 순간이나마 어디 있는지를
잃어버리게 돼.
비명이여, 소리도 못 지르고
처음엔 이거, 정말 재미있어.
마약 먹은 것처럼 몸이 붕붕 떠다니는 것 같아.
어느 날 밤 지하철을 타고 수색으로 가는데
어지러울까, 앉지도 못하고 서서 가는데
순간 두 발이 허공에 떠 있는 게 아니겠어.
얼굴 주위로 꽃들이 펑펑 피어나는 게 아니겠어.
지하 계단이 벌떡 일어나
얼굴을 치고
잠들기 전에 발끝에선 조그만 여자 아이가
원피스를 입고 슥, 지나가기도 하고 말이야.
귓속에서 완강한 나뭇가지가 자라는 것 같았지.
그리고
대기업 간부가 정신이상이 와

석 달이나 죽은 어머니를 방치한 사건이 있었지.

봄이 왔지.

새들이 눈 속으로 끊임없이 날아들어 와.

언제부터 난 혼자였는지.

혼자된 지구에서

매번 어긋나는 중력으로

난 너에게 붉은 불꽃을 쏘아 대.

넌 거기 너무 잘 있고.

어느 날의 보고

봄날의 오후 나는 위에다 보고한다.

김 양은 산부인과에 갔어요. 아마 동거를 했나 봐요.

가슴에 찬밥 덩이가 가득한 채로 나는 보고한다.

어쩔까요? 묘지는 이제 거의 다 차 버려서요.

민원인에게 나무 한 그루를 소개해 줬어요.

개장(改葬)은 겨우 끝냈지만, 약간의 지체가 있었어요.

10년이 넘었는데도 시신이 그대로인 것 있죠.

찬밥 덩이를 씹으면서 나는 보고한다.

육탈이 안 된 것은 칼로 살을 저며 내야 해요.

마치 오래된 고통은 줄넘기로 떨어 버려야 하는 것처럼 말이죠.

아아뇨. 그건 제 실수고요. 그건 제 자존심이구요.

그건 저의 빵이었어요.

봄날의 오후 나는 위를 향해 보고한다.

오늘도 누가 애완견 한 마리를 사무소 앞에 버리고 갔답니다.

저 꼬리 치는 놈을 보세요. 밥 달라고 말이에요.

입은 고급스러운 개죠. 물론 혈통도 좋아 보인답니다.

저 나무와 나무들 사이 꼬리 치는 봄, 날아다니는 다람쥐를 보세요.
언젠가 멀쩡한 시신을 꺼내 놓고 방송국을 부른
일도 있었다고 그러더군요. 복수 때문이라나요.
비밀은 이와 같은 것.
아아뇨. 그건 제 혼잣말이었어요.
이 봄날 나는 보고를 하고 있다.
위에다 대놓고 보고하는 것이다.
어쨌든 저는 무덤 아래로 아래로
더 내려가야겠어요.
관이 썩으면 봉분이 내려앉는답니다.
제 위에 소주는 붓지 마세요. 잔디가 죽으니까요.
이 환장할 봄날 나는 다시 보고한다.
무덤 앞 소나무에 오늘은 한 사내가 목을 매달았어요.
급하게 올라간 앰뷸런스 한 대가 오랫동안 내려오지 않았지요.
그런데 목을 매달면 질식해서 죽는 게 아니라
목뼈가 먼저 부러져
죽는다는 게 사실인가요?

넘버 포

그는 항상 4번을 달라고 말한다.
그리고 그는 항상 4번이었다.
그는 선으로 이루어진 자신의
신체를 자랑스럽게 생각한다.
춤추기도 하고 건물과 창틀 사이를
날아다니기도 한다.
그에게 있어서의 이 세상이란
골목과 골목 사이가 전부인 것처럼
시시콜콜한 것이었다.
내가 달라고 하면 세상은 내게 주지,
내가 있었던 거리는
다 CD에 담아
벽에다 쌓아 두었지.
그가 이렇게 말하면
그의 어린 왕자는
이렇게 노래한다.
네가 오후 4시에 온다 해도
나는 널 기다리지 않아.
그의 얼굴은 일그러지고
그의 어린 왕자는 이유도 없이

살해된다.
그는 항상 맥주를 달라고 말한다.
그리고 그는 항상 맥주를 마신다.
그는 자신의 몸을 자랑스럽게 생각한다.
사랑을 하기도 하고 섹스를 하기도 한다.
그에게 있어서의 몸이란
자신밖에는 모르는 위대한 사물인 것이었다!
사람들의 주목이란, 다 더러운 것이라네.
그러니, 우린 연락하지 말자꾸나.
그가 이렇게 메일을 날리면
그의 여우는 이렇게 노래한다.
네가 죽음을 들여다보면
죽음도 너를 들여다보지.
그는 항상 4번을 달라고 말한다.
그리고 그는 원래 4번이었다.
그래서 어쨌다고?

(자막)

그는 4번만 살다가 죽었다.

2

구름의 우물역에서 오는 기차 1

혼자 당도하니 운정(雲井)*역에서
기차가 온다고 했다.

숯고개역에서 기다리니
사과나무가 함께 서 있어 주었다.

여행이란, 결국 우물을 찾아드는 것인가.
고작 우물에서 우물로 가는 것인가.

옛일이 그랬을까.
우물에 가면, 우물을 잊는다고 했다.

구름의 우물역에서 기차가
오고 있었다.

우물은 흐르는 것.
사내 하나가 그 위에서 기다리고 있었다.

구름의 우물역에서 오는 기차 2

그 사흘 동안

그 사흘 동안 비가 내리거나 안개가 에워쌌다.
나는 그 사흘 동안 술 마시고 설사했다. 누군가는
월급이 안 나오는 서울로 출근을 하고 나는
회사를 외면했다. 나의 회사들은 한겨울 추위에도
늘 서 있고자 했으나 사람들과 나는 정치와 섹스와
지폐에 먼저 귀를 기울였던 것이다.
경의선 대곡역 논밭가의 인가에는 거의 매일 안개가 끼고
사람들을 어디론가 보내 버린 집도 있었다. 나는 더 이상
시가 쓰기 싫어졌다.
사흘 동안 술 마시고 설사했다. (인간들은 이제
위선이라도 가장해야 하는 것일까.)
술 한 병 기차 한 량이
안개에 둥둥 떠다녔다.

그 사흘 동안 동업자가
그리웠던 것은 한솥밥을…… 먹었기 때문이었다.
그 둘러앉음 때문이었다. 누군가는 죽고

누군가는 병들어도 아직 세상엔 뭔가가
있다는 것을, 아주 작은 기차표 같은 말들로도,
그런데 우리는 아직 이러구 있다는 것을,
서로가 알기 때문이었다. 이 사흘이 아니면
안 될 무언가가 있어
술병이 다 된 서로의 내장에
휘파람을 훅! 불어 넣어 주고 싶은
매일 매일의 그 사흘 동안

청부

무공이 뛰어난 시인이지만
형편이 어려운 친구가 있는데
돈만 조금 주면
무슨 일이든 죽여 줄 걸세.

구름의 우물역에서 오는 기차 3

내가 살해한 자화상을 질질 끌고 다니며/ 나는 지난겨울 내내 기차를 타고 다녔지/ 시도 안 쓰고 그렇다고 밥도 잘 못 버는 자신을 살해해 버리고/ 나는 내가 저지른 조그만 잘못을 안고 내내 끙끙댔었다네/ 저기 오늘 혼자 음란(淫亂)을 저지르고/ 기차 타고 도망가는 내가 보이네/ 아무도 말리진 않지/ 문제는 내가 무얼 하든 사람들이 비웃는다는 거야

그와 사출기

그가 깔때기에 플라스틱 가루를 쏟아 붓고 있다.
깔때기에 달린 사출기는 그것들을 천천히
녹이고 있다. 기찻길 옆 가건물 공장
기차는 오지 않는다.
사출기에 달린 기계의 문이 철컥, 열리고
열두 개의 푸른 칫솔대들이 보조 가지에
달려 있다. 언제나 참을 수 없는 건
끝없이 재생되는 플라스틱 잔해들이다.
잔해들은 분쇄기에 달려들어 가
다시 가루가 되고 곧 사출기 속에서
녹아 새로운 금형을 기다린다.
샴푸 뚜껑들이 하얗게 쏟아졌다.
이 뚜껑들엔 자연, 이라는 구호를 내건
세제 회사가 담길 것이다.
사출기 옆엔 그가 달려 있다.
사출기의 장점은 기계를
거의 쉬게 하지 않는다는 데 있죠.
교대가 올 때까지 하루 열 시간 그는
그렇게 서 있다.
그는 그렇게 서서 인생을 생각한다.

2000년 서울, 겨울

극장터

그래 지나간 일은 다 아름답지.
생각하면 그때도 지리멸렬하고
가난했던 것을,
이제는 낙서도 없는 극장의 벽들.
저 벽들을 넘어간 사람들,
지나간 일들과 하루 종일 놀다가
나하고 놀아 주던 모든 이는 아름다워라.
걷다가 어느새 당도한 옛 극장터.
아직 주머니에 손 찔러 넣고 휘파람 부는
저 소년의 유령.
옛 극장터 앞에서 잠시 누군가를
기다려 보다
만화 속 풍경처럼 나는
다시 걸어간다.

하고 싶은 말

하고 싶은 말을 하기 위해 사람들은 입을 굳게 다물고 지하철을 타고
집으로 돌아간다. 오늘도! 버즘나무들은 자신의 상처인 버즘들을 몸에
새겨 밖으로 드러낸다는데 사람들은 아무것도 없이 흔들리는 지하철 손
잡이만 물끄러미 들여다보거나 얇은 책에 자신의 인생을 처박는다. 하
고 싶은 말을 하기 위해 집으로 가지만 아무도 말하지 못한 듯 사람들은
유령처럼 앉아 있다. 아무도 마주 보고 싶지 않은데 누가 이렇게 마주 앉
게 했을까. 하고 싶은 말을 하기 위해 오오! 오늘도 밥 먹었어? 잘 있
었어?

오늘

우리의 처음은 장대하였으나 곧 미약해지리라. 우리의 처음은 넓은 세상이었으나

우리의 오늘은 좁은 골목이며, 작은 방이며 우리의 다음은 썩은 쓰레기이리라. 나는 비로소 아무것도 아니었음을, 나는 아무것이었을 뿐, 나는 누구의 자식도 아니다. 이 말 또한 지긋지긋해질 것이니, 나는 다만 나의 처음과 다음을 한눈에 보게 될 것이니.

구름 산문

그대가 나를 모르는 게
나는 즐거웠지.
그러면 나는 그대를 어떻게 알까,
생각하면
세월이 가면…… 그래……
이 말밖에는 안 나오는 나를

그냥 부르는 노래처럼
그대가 모른 척 지나간다.
나는 즐거웠지. 그대가 모르는 나.

얼음장을 가르는 도끼날

떵, 쩡, 떼구르르, 떵, 자그르르, 툭,
쩌적, 쩌쩌쩍, 지직, 땅 땅 땅땅, 꽝,
휘리릭, 찌찌찌, 수수숫수, 띠잉 띵,
띠잉, 후후후, 풀썩, 가가가가, 오오
오오, 틱틱, 떠글떠글, 으아 으아, 나
무 모양, 쌓인 눈 모양, 당신의 머리
모양, 와르르 물길 모양, 콰앙, 윽윽
눈썹을 밀어 버린 네 모양, 척, 짜르르,
꽉꽉, 휙휙 하고 지나가는 바람 모양,
짱짱짱, 좌악, 좍좍좍좍, 요옷, 호이
요, 삐요르르르, 힝이요, 힝이요, 젊은
사내가 엎어져 우는 모양

달팽이관

아침에 일어났는데
내 몸이 돌아 소파의 팔걸이를 잡았는데
그 팔걸이도 도는 게 아니겠어요.
뚱뚱한 소파도 돌고 그 위에 벽시계도 돌고
천장도 돌고 하아, 하는 소리에 뛰쳐나온
아내도 도는 게 아니겠어요.
병원에 갔지요. 달팽이관에 문제가 생겼다나요.
양성발작성변환이석증이라고 하는데
의사라는 작자가 사람을 패대기를 치고 또 치고 하더니
똑바로 눠어 고개를 딱 꺾어 놓는 게 아니겠어요.
그 고개에 달린 눈에는 벽도 돌고
벽 틈 사이로 무수한 군인들이 뛰쳐나가고
또는 옛날 어린 내가 버스를 잡기 위해
뛰어가는 모습도 뛰쳐나오는 게 아니겠어요.
이만하길 다행이라는데
운전하다 돌았으면 어쩔 뻔했느냐고
전정기관이 망가지면
귓속에다 칩을 박고
언어를 다시 배워야 된다고 하지

않겠어요. 저는 언어를 다시 배운다는 말에
좋아라 했지요.
아, 새로 배울 그 언어는 얼마나 신선할까요.
이리 와 봐, 나는 널 좋아해.
이런 말을 다시 배울 것 아니겠어요.
원래 지구는 돌고 있었는데
아, 글쎄 귓속의 돌들이
그동안 사람을 딱 멈추게 하고 있었다니요.

목련

아내는 또 목련 타령이냐고 눈을 흘긴다 그래도 목련, 이라고만 발음해도 나는 간지럽다 고양이 포즈로 요가에 들어가는 아내는 새로 발견한 고봉산* 아래 보리밭 둔덕 위에 오롯이 서 있는 자목련의 자태에 취한 내가 미운 모양이다 그래도 나는 운전을 못 해도 좋아 돈이 없어도 좋아 어제 보러 갔다 온 일산 구주택지 좁은 골목에 탐스럽게 핀 백목련에 대해 얘기하고 그 혼자 환함에 대하여 그 혼자 환해질 수 있음에 대하여 지방에 숨어 사는 한 시인의 자태에 대하여 취해 있다가 내가 생각하는 목련이란, 그리고 사람의 희망이란, 안고 있는 아기의 심장 박동이 지나치게 빠른 것과 같은 것임을 알아차린다 내내 목련만 기다리던 겨울과 목련을 기다리며 접던, 이제는 달랑 한 장밖엔 남지 않은 흰 와이셔츠와 흰 와이셔츠 속으로 들어가 다시는 나오지 않으려는 한 사내와

* 일산 중산마을에 있는 작은 산.

애인

애인은 그의 애인과 함께 일산에 산다 내가 없는 수많은 창문들 해(世) 달(月) 해가 가고 달이 간다 나는 애인이 궁금하고 애인은 그의 애인이 궁금하다 왜 한 번도 사랑한다고 말해 주지 않는 거죠? 애인은 곧 자신도 그랬던 것 같다고 말한다 나와 애인이 있는 그림을 애인은 눈 내리는 일산의 창가에서 떼어 가고 나는 다시 혼자다 하지만 애인이 모판처럼 떼어 와 내 앞에 펼쳐 놓는 애인과 그의 애인의 광경이란? 같이 산다, 라는 커다란 비극에 대하여 가끔 나는 간지럽고 가끔은 애인이 간지럽다

口

똥을 누다가 동전을 눈 적이 있다.
그 후 술잔에 띄운 벚꽃 잎을 누었고
해안에 사는 한 여자의 립스틱을
눈 적이 있다.
나는 누기 위해 먹었고, 먹기 위해
누었다.
감귤, 하면 노란 감귤들이 내 속에서
굴러다니고 명태, 하면 명태의 마른 살들이
찢어졌다.
탐욕이 더해진다는 말을 믿지 않는다. 그저
유난히 붉은 불빛이 시정(市井)에 존재하는 듯한
느낌만이 오는 것이다.
나는 더 이상 먹기가 싫어졌다.
나를 기다리는 저 거대한 입도 그러하리라.

길에서 엎어진 뒤 화장실로 가서

하얀 변기 위에 앉아 가방을 연 뒤
늙은 시인의 시집을 읽었다. 손바닥엔 작은 돌들이
박힌 자리가 움푹 파여 있다. 이윽고 돌들이 파 놓은 손바닥을 향해
내장과 핏줄들이 어떤 안간힘을 쓰고 있다.
길에서 엎어진 뒤 읽는 시집은 그 안이 몽땅 눈부시다.
페이지마다 얌전히 새겨져 있는 글자와 풍경과 집과 헤어진 사람과
그리고 가격이, 전봇대가 다 책과 이별하고
거리로 들어간다. 길에서 엎어지는 장면을
나는 급히 되돌려 보지만, 나는 이미 아픈 것이다.
길에서 엎어져 보면, 눈물을 삭여 흰 엉덩이 아래로
눌 수 있을 것 같다.

바람에게서, 바람으로부터

11월 묘지 사무소 앞은 쌓인 잎들이 바람에 쓸려 다닌다.
잎들은 쌓여 회오리를 만들기도 하고 우르르 몰려다니던
80년대의 교문 앞으로까지 쓸려 가기도 한다.
우정처럼 구겨진 마른 잎에는 지난 계절의 바람이 새겨
져 있고
바람은 다시 그 시절의 바람을 날린다.
그런데, 나는 또 무엇을 말해야 할까.
잎들을 다 내린 뒤에야 나무는 길을 내어 준다.
모르긴 해도 동박새들이 쌩!
가지 사이를 날아갈 것이다.
묘지 중턱에선 또 수분을 머금은 사체가 나올 것이고
뼈와 살이 분리돼 화장장으로 갈 것이다.
바람이 동네까지 내려갔다 다시 올라오고
먼 서해의 염전이 노을로 빛날 때 나는
저녁 버스를 붙잡고 바람 속으로
다시 갈 것이다.
모르긴 해도 나는 바람으로 깃대를
세우려 했던 자.
모르긴 해도 이 무수한 허망이

나를 낳고 또 다른 나를 낳아 나는

자꾸

눈이 아닌 눈을 달고 밤길을 갈 것이다.

고통이 아닌 고통을

액세서리로 달고

한 사내를 어느 동네 어귀에

혼자 내려놓을 것이다.

월영동 벚나무 길

1

이 나무의 몸은 검고
이 나무의 꽃은 수만 개가 하얘.
한때 이 나무의 국적(國籍)을
따져 묻는 이가 있었다.
이 나무를 흔들어, 나를 흔들어 주던
이가 있었다.
연간 가로등은 자주 고장이 났다.
그러면 내가 꽃 피면 되지.
하얗게 웃던 이가 있었다.
꽃 피면 달팽이관에서 소리가 나.
꽃그늘 아래로 피하면
몸은 또 달아 되묻는다.
봄밤, 이 나무는 왜 아까부터
흑백으로 서 있는가.

2

벚나무 밑
인생의 술집은

왜 항상 낡고 지붕이 낮으며
바람에 덜컹거렸는가를,

저녁

60년대식 낡은 묘지 관리 사무소에서
72년 4월 1일자 주간경향을 읽는다.
애인은 애인을 속이고 또 애인은 다른 애인을
속였다. 무덤 속에서 해골들이 굴러다니고
죽은 자들의 묘비명엔
모두 공은 있으되 열매가 없는 격이라
그때나 지금이나 무덤이나, 광화문 근처나
모두가 마음엔
젓 담가도 깨뜨려지지 않는
물고기 알들만 스는 격이라
주간경향 4월 1일자를 읽는다.
숨은 여자들이
나오고,
숨은 잡지처럼 저녁이 나온다.
저 저녁
밤의 푸른 혀 같은 풀들이
마음으로 쳐들어오는 격이라

Crying Freeman

목련을 생각할 때에도
키를 재며, 겨누며 서 있는
개나리들을 마음에 꺾어 둘 때에도
소식은 온다. (중앙부다.)
어떻게 나를 찾았느냐고, 되묻다가
중앙부를 화나게 한 일이
나에게 몇 번 있다.
지는 목련처럼
구겨진 흰 와이셔츠를 접고
목련 생각에 잠 못 자는 봄밤
갑자기 내가 또 호출되다니,
도대체 무슨 일이 있었나.

연못에 쭈그리고 앉다

절과 길과 나무와 집들이
빠져 들어 있다.
사내와 여자와 잎사귀가
간간이 끼어들기도 한다. 그것들은
곧 물든다.
돌멩이와 웃음소리와
꽃들이 긴 혓바닥처럼 내놓은
먼지 속의 가게를 지나와서
쭈그리고 앉는다.
그것들은 결코 그림자와 소리만 보낼 뿐,
스스로 오지 않는다.
연못 속, 물들
물들 사이로
오늘 밤에도 달이 잡았다 놓친
생각처럼
빠져 있을 것이다.
언제나 연못 위에
도장을 찍을 수 있으려나.
나는 쓸데없는 슬픔을 안는데

반드시

비켜 달라는 듯 노을이 와 처박힌다.

나는 연못을 오래 차지하는 게 아니었네.

연못은 잉어 몇 마리를

챙겨 어느새 밤 속으로 가라앉고 있다.

장어

구이를 하기 위해 꺼내 놓은 장어의 몸에는
물에 대한 태도가 번득인다.
물속을 질주하는 장어의 등이 다른 세상에 놓여 있다.
나도 저런 태도를 갖고 싶어 장어를 구워 먹지만
매번 헛손질이다.
장어는 도마 위에서도 자신이 살았던 세상을 보여 준다.
귀갓길 버스를 기다린다.

3

회의

가장 늦게 도착한 여자를 벌주려고
일행들은 여자의 치마 아래로 손을 넣어
여자의 달을 만졌다 내가 가장 늦게
가장 오래 만졌다 여자는 젖어 버렸고
손엔 노란 달의 즙들이 묻어 나왔다
이 나라에서 이 일은 공정한 게임이었다
에취, 누군가의 기침으로 회의는 시작되고
모두가 의심 많은 자들이었다
동해에 여관을 차린 뒤 당나귀 한 마리를
기르는데 바다엔 당나귀의 여물이
없다는 얘기가 먼저 나왔다
어두워지자, 회칠을 한 집들은 삐딱하게
서서 골목들을 거두고
도시로 온 큰 나무들은 작은 나무들의 하늘을 가로
채었다 순식간에 공장들이 기계와 사람들을
하천 변에 내놓았다는 얘기가 나오고
중앙동의 모든 건물들이 다 비었다는
얘기가 독한 술처럼 돌았다
이 나라에서 이 일은 안주였다

샘터마을엔 샘터가 없잖아
누군가 물을 찾고 가장 늦게 온 여자는
바람 부는 창틀로 들어가
나오지 않았다
밤에 길이 더 하얗다는 혼잣말이
일어서고 그사이 악사가 다가와
돈을 주면 음악을 들려주겠다고 했다
흥정에 실패한 악사가 음악을 들려주자,
세상에는 돈을 모으는 자와
돈을 버는 자와
빚을 지는 자가 있다고 누군가가 말했다
난 빚을 지는 쪽에 일부러 가 서 있었지
도무지 자신이 없어서 말이야
화투 패가 돌려지고
일 년에 한 번이라도 이렇게 모여 앉는 게
행복 아니냐고, 누군가는 우겼고
누군가는 울었다
신문을 팔아 사는 사람과
상금만 노리는 사람과 방을 만들어

파는 사람과 새와 노래와 시와
그림과 몸뚱이와 밥과
구운 돼지를 파는 사람들이었다
여자는 창틀에 갇혔고
나는 그 창틀을 떼어
서류 봉투에 밀어 넣었다
이 나라에서 이런 일들은 너무나
당연했다

유리병 속의 포도

유리병 속에서 포도가
익어 가고 있다.
달콤한 과즙을
보기만 하라니,

잠시 후 햇빛과
바람과 습기가
포도 속으로, 어디든
속으로 들어간다.

무엇인가의 속은 얼마나 음험한가.
당신 없는 계절에
나는 더 예뻤어요.
마음엔 늘 포도 알들이 굴러다니고

포도는 곧 출하되어
농산물 도매시장으로 가
얇은 종이에 싸인 채
도시로 팔려 갈 것이다.

다시 어린 포도는 유리병 속에
갇힐 것이다.

새와 벌레는 출입 금지!
가질 수 없는 것들이
더 치명적이다.
유리병 앞에서
모든 것들의 날개는 강건해진다.

주인과 나

나는 밖으로 나가려고 한다.
밤이 왔기 때문에, 마침 바지를
입고 있었기 때문에
창문이 잘 닫히지 않자, 나는 그냥
있기로 한다. 한 중년이 찾아와
방이 마음에 드느냐고 묻는다.
자기는 집주인이 아니라고 말한다.
언제나 그렇다. 주인은 주인이 아니고
일행의 친구는 일행의
친구가 아니라고 말한다. 그의 집은
그의 집이 아니고 나의 사랑은
사랑이 아니다. 비둘기가
이리저리 날고 골목 은행나무가
소품처럼 놓여 있다.
옛날의 나는 내가 아니었다고
어디에서 나는 스스로를 건드려 볼까.
그래도 나는 주인을 만나고,
일행과 친구를 만나고
그의 집을 방문할 것이다.
나는 가짜다.

곤충들

1

곤충에겐 치료, 라는 말이 적합지 않아요. 곤충 학자 김태우 씨는 말한다.

곤충은 날개든 다리든 다치거나 상처를 입으면, 그냥 죽는 게

한 개체로 사라지는 게…… 생태계에도……

곤충을 치료하는 의사는 왜 없을까? 생각하던 나는

여전히 다리에 붕대를 맨 아주 커다란 개미 한 마리를

바라보고 있다.

2

거미는 식충식물이 만들어 놓은 홀 중간에

점을 찍고 집을 짓는다. 파리와 모기 이런 것들이

달콤한 먹이가 있는 홀 아래를 눈앞에 두고 거미줄에

매달려 있다. 식충식물은 서서히 말라 죽어 간다.

들판에선 아무것도 서로의 울음소리를 듣지 않는다.

너와 내가 그러하단다.

길

차를 사지 않는 이유?

난 내가 자동차든 무엇이든 이리저리

몰고 다닌다는 게 싫었어. 내가 무엇인가의

속도를 스스로 내야 한다는 것. 그게 뭐든,

(나는 나만 굴려 먹겠다는 거지.) 당신의 흐름 속에

언제나 뛰어들 수 있게 말이야.

시여 헛것이여

살아 있는 듯하라고 했지. 음식과 술을 올리고 지방까지 내려가 절을 한다. 혼은 하늘로 올라가고 백은 땅으로 흩어진 나의 조상들이 올 수도 있겠지만, 이 헛것에 대한 예의는 오래된 것이다. 가령 곧 먹먹한 액정 화면만 남을 극장 안에서 그녀의 허벅지를 주무르며, 화면을 돌아다니는 연인을 보며 즐거워하는 것처럼. 다시 컷. 승우는 수정의 입술 속으로 혀를 컷! 자 다시 갑시다. 스피커는 볼륨을 높이고 나는 아무 볼 일도 없이 서울로 가는 지하철을 다시 타는 것처럼, 헛것을 본 사람들은 알지. 이 헛것들을 생생하게 대접해야 한다는 것을, 실감 나게 물고 빨고 해야 한다는 것을

그래, 그렇게 언제나 이 헛것들의 엉덩이를 손바닥으로 짝짝짝.

체리필터의 「낭만 고양이」를 들었습니다

가자, 며 서해로 내달릴 때 나는
그만 차 문을 열며 돌아가는 내 모습을
보았다고 생각했다.
서울의 저녁은 잠깐 지겨웠고
싱싱하게 튀어 오를 대하나
날 끌고 가 물 먹일 듯한 서해의 황도가
산책의 목적이 아니었음을
서해에 당도해서야 나는 알았다. 저
서울에서는 언제나 일어서며
이 자리는 내가 아니어야, 하며
세 번 부인했고 세 번 긍정했다.
이것은 영화, 저것은 극장, 이것은 생활비,
저것은 나무
일행은 다시 올해의 예상 적설량과 공원에
버려졌던 어떤 눈사람과 술잔에 대해
얘기했다.
아주 잠깐 옛날이 떠올랐고
시계는 가지 않았다. 이어 예전에 알던 한 사람이
생각났고 서해 갯벌엔 다리인 듯한

날개를 가진 짱뚱어들이 지구엔 처음이라는 듯
뭍으로 뛰어올랐다.

네가 나를 기다리고 있다는 것을

나는 알고 있다. 네가 나를 기다리고 있다는 것을. 그곳에는 네가 있다. 마치 물 밑에서 물고기가 구름을 바라보는 것처럼. 나는 알고 있다. 네가 기다리고 있다는 것을. 그래서 나는 깨어 있다. 아무 일 없이 골목에 나가 목련 봉오리를 손가락으로 퉁기기도 하고 구름을 잡아당겨 시린 발을 가리기도 한다. 나는 알고 있다고 말한다. 이렇게 말하는 것이다. 네가 나를 기다리고 있다는 것을. 그곳에는 네가 있다. 나는 내 창틀에 색을 칠하기도 하고 버스를 타고 가볍게 장안을 내달리기도 한다. 그리고 이렇게 말한다. 네가 기다리고 있다. 네가 있다는 것을. 오늘 바람에는 환한 꽃그늘이 보인다. 네 가녀린 손목이 만든 내 무릎의 그늘도 보인다. 이렇게 말하는 것이다. 이렇게 말하는 것을 나는 또 듣고 있는 것이다.

자살

한 발을 들어 아픈 한 발을 감추는 것처럼
감추는 건지 어루만지는 건지 알 수 없는 저 새의 여린 발처럼
네 앞에서의 부끄러움이란 그런 것이다.
아무것도 아닌 걸 가지고 붉은 스웨터처럼 접어 버렸으니,
그러나 아무것도 아닌 게 가장 중요한 때의 저녁은
반드시 온다.

모든 것들이 나를 잘못 만났다.
그래서 내가 탄 기차는 계속 가기만 한단다.

타레가 기타 교본

바람이 분다.
비만의 나무들이 겨우 풀씨를
털어놓는다.
심각한 수업은 계속된다.
낮달이 뜬다.
양계장만 한 오늘의 비의를
일행은 일행에게 자꾸 묻는다.
꿈에서도 난 왜 늘 지구에만 있지?
담배가 피워지고
나는 담배를 흡입할 때마다
폐 잎 하나가 강하게 당겨지는 걸
느낀다.
일행은 또 내 단정치 못한
옷차림에 대해 말하는군.
수십 년을 거치며
만들어 온 나의 옷차림을 말이야.
이 지구의 훌라후프
낮달이 없다.
옛 소녀가 나에게만

보여 준 치마 밑 같은,

심각한 수업은 끝나지 않았다.

바람이 분다.

나는 나를 다시 기록해야겠다.

세월은 갑자기 흐른다

경주 계림에서 닭이 우는 소리를 들었다.
늦가을 대릉원 천마총 옆에는 철쭉이 벌써 피었고
그 옆에 샐쭉하게 선 목련도 꽃봉오리를 맺었는데
뛰어오는 사람이 아무도 없었다.
어느새 나는 분식집에 앉아 있다. 조그마한 TV에선
다람쥐가 개구리를 먹고 있고 나는 불어 터진
라면 가닥을 어떤 세상으로 건져 올리고 있다.
라면이 입속으로 들어가자, 십 년도 더 넘게 잊고
있었던 사람의 이름이 떠오른다.
자전거를 타고 가다 버리고 택시를 잡아탔는데,
요금이 0원이었다.
세월이 갑자기 흘러가 버려 꿈속에서 우리
모두가 우는 소리를 들었다.

눈을 끔벅거려 보이라니

아침에 일어나니, 이 무슨 꿈인가.
나는 이 세기의 왕이 아니었음을
나는 불혹의 나이를 가진, 더 이상
이 드라마의 주인공이 아니었음을
뭘 해도 주인공의 그것이 아니었음을
아니 처음부터
왕이 아니었음을, 주인공이 아니었음을
이 무슨 꿈인가.
새로 산 양복과 안경과 두꺼운 책
버스와 택시
가로수 길에게 오히려 미안했음을
단두대에 목이 잘릴 때
아프면 눈을 끔벅거려 보이라던
꿈속의 의사만 믿고
차례를 기다리던 한 사내였음을

용미리

여기까지 왔으므로
저 봉분도 잃어버린 채 버려진 무덤 한 채 있을 만했다.
나는 이생에서 반전을 꿈꾸지 않았으므로
저 찌그러진 양철 지붕 사이로 쌓이다
쌓이다 툭 떨어지는 눈 뭉치들이 있을 만했다.
간을 다친 사람과 심장이 가끔
발작하는 사람과
맑은 머릿속을 잃어버린 사람이 둘러앉아 국밥을 먹는
해장국 집이 있을 만했다.
몸속에 부동액을 갖춘
저 잎 떨어진 산길 나무들의 결사가 있을 만했다.
여기엔
당신의 가려움과 가여움이
시골 아이의
손때 묻은 눈사람으로 서 있고
30년 된 라디오를 끼고
그 큰 귀를 대고 사는
몸집 큰 최씨 노인의 집이 있다.
마을 사람들에 따르면

나는 몇 번이나 공동묘지 속에 파묻힐 만했고
예초기에 목이 몇 번 달아날 만했고
뼈다귀는 뼈다귀대로
살은 살대로 추려져
아무도 오지 않는 산정에 흩뿌려질 만했다.
여기까지 왔으므로
모두 다 알고 있는 마을의 비밀을
당신만 알고 있으라는
고요한 눈송이 같은
비밀을 들을 만했다.

줄

우포늪에서 갈대와 억새의 구분법에 대해 듣다가
문득 고압선 철탑 위를 줄을 메고 오르는
사내를 보았다.
두고 온 서울 빌딩 숲 유리창에 매달려
이쪽과 저쪽을 닦는
직업을 가진 이가 줄에 대해
아는 체를 하고
이제는 짙은 노을이거나
주인을 잃어버린 핸드폰 줄이거나
비어 있는 가방으로 남은
아우가
형 내가 잡은 줄은 썩은 새끼줄이었나 봐, 하며
작은 돌멩이들로 굴러다니고
바람이 심하면
억새가
으악으악 비명을 지른다는군.
누군가의 혼잣말에
우리들은 모두 줄을 잡고 언덕을
내려간다.

저것은 어떤 세상의 거리일까.
이 산과 저 산 고압선 철탑 사이를 한 사내가
허공을 지르며 줄을 타고 있다.

괄호 안의 남자

서울에서 5년을 버틴다는 건
무엇인가. 20층에서 배관을 타고
하수는 끄르륵거리고
고향의 일자리를 버린 건 잘한 일이다.
배관을 타고 다시 고향으로 내려갈지도
모르는 하루가 있고
끊지 못하는 담배가 있고
빚내서 산 집이 있고
객지에 숨어 지낼 방을 마련한
불혹
건망증이 심해져
나는 서울에서 서울행, 이라고 쓰고
그 옆에 다시 괄호를 친다.
3호선과 경의선 사이
이 괄호 안을 기차는 돌아다니고
이 괄호 안을
나는 어떻게 살까.
고향을 버린 건 잘한 일이다.
(   )

그 괄호 안

그곳에는 언제나 내가 사랑한

여자가 있다.

여름 산

빈 소주병에 숟가락을 꽂고
자, 초여름 밤 창밖의 TV에선 눈이 내리고
소주병에 숟가락을 꽂고
자, 이제
초여름 밤 나무들은 조용해지고
이 산의 명물이나 먹지도 못하는 뱀탕들이
부글부글 끓어오르고
소주병에 숟가락을 꽂고
자, 이제 (한 곡은 해야)
소주병에 숟가락을 꽂아 준 이와
아까부터 박수만 치고 있는 이와
소주병과 숟가락을 만든 이와
상표를 인쇄한 이들에게
숟가락을 향해 입을 벌려
으아아아아
나비야 청산 가자
꽃에서 푸대접하거든

잎에서 나자고, 가자*

* 작자 미상의 옛 시 “나비야 청산 가자/ 범나비 너도 가자/ 가다가 저물거든/ 꽃에 들어 자고 가자/ 꽃에서 푸대접하거든/ 잎에서나 자고 가자”에서 부분 생략하고 임의로 수정.

수인 번호 67

그는 여전히 수직의 침대를 겨우 붙들고 있다고 생각하고 있었어요. 땀은 계속 흘렀고 불안은 사라지지 않았죠.

어느 날 그가 눈을 떴을 때 그의 머리맡 위로 사람들이 그가 도저히 일어날 수 없는 수직의 벽에서 엎드려 절하고 있거나 일어나서 벽 밖으로 나가 깎아지른 횡단보도를 건너가거나 하는 거였어요.

그는 여전히 매달려 있었는데도 불구하구요. 붙잡을 만한 홈이 침대에도 있긴 했지만 쥐 새끼들이 인간의 심장과 귀를 달고 달리듯,

어떻게 그가 그의 처음을 의심하지 않을 수 있었겠느냐구요.

그의 처음과 나의 처음은 이렇게 달랐던 겁니다. 물론 나 또한 그와 일행이며, 그의 침대는 그의 방에 처음부터 수평으로 놓여 있었던 거지만 말입니다.

봄

가스통을 들고 청바지를 입은 소년 넌 파랑 해라! 아직은 저곳에 가서는 안 될 머리에 물들인 소녀 넌 노랑 해라! 물들이는 달 물오른 벚나무 너는 하양 해라! 놀다 가라는 여자 너는 빨강 해라! 보험을 들고 찾아온 이혼녀 너는 주홍 해라! 고등학교 2학년 손자 등록금을 마련하기 위해 볼펜을 팔러 온 할머니 너는 검정 해라! 온통 색의 향연이로구나. 떨어진 붉은 동백 꽃잎 노오란 수술 위로 달려드는 말벌처럼 나는 너를 탐할 것이다.

샤갈 화집을 읽는 밤

폭력적인 방들은 위험하다.
그것들은 때로 너무 붉고 따뜻하기 때문이다.
너는 그 방에서 죽었다.
언덕 아래로 보이는 동네의 집들은
언제나 아름답다.
속이 상한 창들과
계단
바람에 비명을 내지르는 나무들
인간의 꿈은 유령처럼
동네 위를 떠돈다.
그것들은
드레스를 입은 신부이거나
여물통을 든 소녀이거나
노동자이거나
당나귀이거나,
아니다.
폭력적인 방들은 치명적이다.
그것들은 깨지면 너무 날카로운
유리를 달고 있다.

너는 그 불빛 아래서 죽었다.
모든 걸 끌어안고 싸울 수는 없지.
언젠가 보았던 어두운 밤들이
너무나 시간이 가지 않던 밤들이
폭력적인 방들에 의해
골목마다 불려 나오고 있다.

스스로를 치다

처음엔 무언가가 귓속을 파고드는 기분이었다.
왜 환한 달은 양철 지붕 위에서만 아름다운가.
달빛이 달그락거리는 숟가락 위에 내려앉는 것처럼
처음에 병은 설레이게 온 것이었다.
알고 보니 그것은 스스로가 만든 것이었다.
사실 나는 가난을 좋아한 것이었다. 부족하고
외로운 일들을 쫓아다녔던 것이었다.
어느새 내가 오래오래 불러 내 귓속을 파고든
사람이 있었던 것이었다.
나, 꽃길 환한 봄을 맞아
스스로를 친 것이었다.

오랜 사랑 2

잠시 아픈 걸 당신에게 알리려다 멈칫하고 말았습니다.
당신이 희미
하게 웃었기 때문이었습니다. 당신의 웃음, 소리 없는 웃
음, 나는 갑자기
이 도시의 가운데가 아니라 변두리 얼음 강 그 속에 갇
힌 기분이었습니다.
솜털 과자를 격렬하게 먹고 있는 것 같았습니다. 어느새
내가 몸에 꽃 핀
당신을 잊다니, 저무는 노랑, 주황, 노을 모두를 당신이
번쩍, 감춰 버
렸습니다.

오랜 사랑 1

그녀는 내가 빌린 집의
작은 난로 같고
내가 오래 먹은 감기약 같고
뼈를 묻고 싶은 사막의 모래 같고
내가 태어난 날의 이름은 가난한 날
인생의 모든 출구는 쓸모없는데
아직도 그녀는
통통거리는 내 육체에다 귀를 대고
손, 손으로만 말하고 있어.

■ 작품 해설 ■

묘지론

서동욱

1 묘지

인간은 무엇을 집어 들었을 때 시를 쏟아 내는가? 그것은 한 잔의 술잔이나 한 송이 꽃일 수도 있고 여자의 매끄러운 손목일 수도 있으며 때로는 발화 물질을 채운 채 머리끝을 불꽃으로 장식한 음료수 병이나 차가운 쇠 파이프일 수도 있다. 심지어 미역국을 뜨기 위해 잡은 숟가락일 수도 있다.

그런데 성윤석은 엉뚱한 것을 찾아다닌다. "죽은 자들의 아파트에 눈이 내릴 때/ 나는 무덤을 파고 아래로/ 아래로 내려갔지요."(36쪽) 현역 묘지 관리인이기도 한 시인, 당신은 무덤 속에서 무엇을 찾는가? 대답은 않고 고집 부린다.

"어쨌든 저는 무덤 아래로 아래로/ 더 내려가야겠어요."(53쪽) 거기엔 무엇이 있나? 물론 "무덤 속에서 해골들이 굴러다"(78쪽)니지. 당신은 바로 이것들을 집어 들기 원했나? 해골들을?

우리는 꽃이나 술잔이 아니라, 묘지에서 방금 파낸 해골을 손에 들자마자 명상에 빠지는 시인들의 전통을 안다. 묘지에서 꺼낸 관리, 변호사, 광대의 해골을 손에 들자마자 쉴 새 없이 떠들어 대던 햄릿을 기억하는가?(5막 1장 참조) 그의 명상 이후로 전 유럽의 문인들은 수세기 동안 햄릿처럼 해골을 집어 들었고 또 던져 버렸다. 해골을 손에 든 이 유럽인에 대해서 폴 발레리는 이렇게 말한다. "만약 그가 하나의 해골을 집어 든다면 그것은 저명한 것일 것이다. 그것은 누구의 해골이었던가?"(P. Valéry, *Œuvre*(Bibliotheque de la pleiade)Tome. I (Paris: Gallimard, 1957), 993쪽) 사유에 빠지기 위해 무덤으로 들어가는 시인들, 시체와 마주해야만 시를 쏟아 내는 묘지 시인들이 출몰한다. 문학사가 배출한 가장 위대한 묘지 시인을 꼽자면 아마도 괴테일 것이다. 그가 손에 집어 들었던 해골은 정말 저명한 것인데, 도둑맞았던 하이든의 해골과 더불어 유럽에서 가장 유명한 실러의 것이었다. 1826년 괴테는 실러의 해골을 들고 감격에 젖은 나머지 이렇게 외친다. "비밀스러운 유골 그릇! (중략)/ 그대를 내 손안에 잡을 자격이 내게 있는가?"(「실러의 해골을 바라보며」, 26~27행) 그리고 말한다. "해골을 사랑하는 자는 없으리라./ 그러나 사정을 잘 아는 나는 거기에 쓰인 글을 읽었다."(13~14행) 그래, 글이다. 시체엔 무엇인가 읽어 낼 정보가 있다. 투르니에가 말하듯 시체엔 읽어 내야 할 비밀이 담겨 있다. "시체는 우리에게 그의 비밀, 즉 생명의 비밀을 내비칩니다."(미셸 투르니에, 이원복 옮김, 『지독한 사랑』(섬앤섬, 2006), 98쪽) 그리고 시체에 대한 문학의 모든 열광과 관심이 바로 여기서 탄생한다.("그들은 시체에 비상한 관심을 갖고 있지."(제임스 조이스, 김종건 옮김, 『율리시즈(상)』(범우사, 1988), 177쪽))

기필코 무덤 아래로 내려가고자 하는 성윤석의 행동은 일단 이런 오래된 문학적 관심의 틀 안에서 이해할 수 있다. 해골을 손에 들어야 석화된 두개골 속에 들어 있는 시인의 미지근한 뇌가 생각을 시작하니, 그는 묘지기가 될 수밖에 없다.("자네 이제 묘지 관리인 다 되었네."(38쪽)) 그에겐 사유도 회상도 시신의 썩은 흙을 손에 넣었을 때 비로소 시작된다. "무덤 아래로 아래로/ 내려갔어요./ 그 아래 들에는 일찍 죽은/ 아버지도 보이고/ 서른일곱에 죽은/ 아우도 보였지요."(36쪽) 성윤석의 이런 묘지 취향을 어떻게 이해해야 할까? 이 묘지 취향은 죽음에 대한 은유가 아니다. 죽음의 의미에 대한 성찰을 보며 주는 것이라면 '죽음을 향한 존재'의 문서(하이데거)에서부터, 서민들의 묘지에서 인간의 근본적 한계를 명상하는 토머스 그레이의 걸작 「시골 교회 묘지의 송시」에 이르기까지 도서관의 목록을 풍부하게 채

우고 있다. 어떤 의미에서 성윤석의 시체 취향은 죽음에 대한 성찰과는 무관하다. 죽음은 생명의 대립으로서 '무(無)'이다. 아니면 하이데거에서 보듯 유한성이라는 존재함의 방식이 가능하기 위한 근본 조건이다. 그러나 성윤석의 관심은 죽음이라는, 삶의 결정적 사건보다는, '시체라는 특별한 물체'에 가닿는다. 이런 풍경이 있다. 화장(化粧)을 전혀 안 하는 사람도 자의와 관계없이 단 한 번은 화장을 하게 되는데, 시체가 된 후 입관을 위한 의식을 준비할 때가 바로 그때다. 전문가가 한 젊은이를 정성껏 치장한다. "그는 솜으로 사내의 모든 구멍들을/ 틀어막고 경동맥과 경정맥을 찾아 주사액을/ 주입한 뒤 사내의 모든 피를 뽑아낸다"(44쪽) 그리하여 산 자가 가질 수 없는 새로운 얼굴이 탄생한다. "살아서 가질 수 없는 아름다운 얼굴의/ 한 사내는 완성된다"(45쪽) 결국 죽음은, 모든 형태의 관념론적 성찰이 알려주는 바와 달리, '무'가 아닌 것이다. 한 사내는 죽음을 거치는 동안 사라지기는커녕 더할 나위 없이 아름다운 표정을 가지게 된다. 메를로퐁티도 이 점을 똑같이 이야기하지 않는가? "얼굴은 (중략) 심지어 사망해 있을 때도 무엇인가를 표현하지 않을 수 없게끔 되어 있다"(M. Merleau-Ponty, *Phénoménologie de la perception*(Paris: Gallimard, 1995〔1945〕), 516쪽) 죽음 뒤에, '무'가 아니라 무언가를 표현하는 표정이 남아 있는 것이다. 밀란 쿤데라의 관심을 끈 것도 죽음이 '무'로 만들지 못하고 여전히 잉여물로 남겨 놓고 마는 표정이었다. "여자가 시트를 걷었다. 그는 여전히 창백하고 아름다우나 완전히 달라진 그 낯익은 얼굴〔죽은 자의 얼굴〕을 보았다. (중략) 그가 한 번도 본 적이 없는 그 이상한 미소는 폴에게 보내는 것이 아니었다."(밀란 쿤데라, 김병욱 옮김, 『불멸』(청년사, 1992), 339쪽) 마찬가지로 성윤석의 관심도 죽음이 아니라, 죽음이 골치 아픈 '잉여물'로 남겨 놓고만 시체에 가닿는다. 그것은 살아서 가지지 못했던 온갖 표정으로 우리를 혼란에 빠트린다. 성윤석의 손에 들린 시체의 이 아름다운 얼굴이 가리켜 보이는 것은 대체 무엇인가? 시체에 새겨진 어떤 정보를 우리는 읽을 수 있는가?

2 문 닫은 극장

시체가 알려 주는 정보를 추적하기 전에 시인의 도정을 잠깐 돌아볼 필요가 있다. 우리는 성윤석을 '극장의 시인'으로 기억한다. 시인이 이번 시집에서 사유를 시작하기 위해 무덤으로 내려갔다면, 『극장이 너무 많은 우리 동네』(문학과지성사, 1996, 이하 『극장』으로 약칭)에서는 극장으로 들어갔었다. 온 이웃이 알아차릴 정도로 그는 극장에만 몰두했다. "날마다 영화를 보러 가는, 내 얼굴을/ 이웃들은 대부분 보고야 말았다네"(『극장』, 44쪽) 막 서른이 된 젊은이의 첫 시집에서 극장은 왜 중요한가? 바로 젊은이에게는 '영화 같은 삶에 대한 신앙'에 쉽게 빠져 버릴 권리가 있기 때문이다. "사람들은 사랑과 정열만으로도/ 떠날 수 있고 누군가 복수를/ 꿈꾸는, 바람 불고 비 내리는/ 거리에 가면/ 나타났다 없어지는 죽음에/ 가면 우리 **삶도 영화가/ 될까** 새로운 필름을 예고하는/ 나날의 극장에 가면"(『극장』, 12~13쪽, 이 글 전체에서 고딕 강조는 인용자의 것) 젊은이는 "우리 삶도 영화가 될까"라고 질문할 권리를 가진 자다. 극장엔 절망도 종말도 없다. 영원한 삶이 눈앞에 펼쳐지듯 '새로운 필름'이 언제나 스크린 위에서 번쩍일 것이기 때문이다. 그래서 이 요술의 집 좌석에 앉아 스크린을 응시하고 있자면 '죽음도 나타났다 없어질 수 있을 것 같다.' 혹 죽음이 찾아오더라도 그것은 초라하고 구질구질한 장례 절차로 찾아오는, 우리 현실을 구성하는 죽음이 아니라, 전설 속의 영웅이 겪는 죽음, 사실 죽음이라기보다는 영웅서사시에 가까운 그런 것이다. 한 번 몰입하면 벗어날 수 없는 이 스크린의 환상 속에는 가난에 대한 걱정도 내일의 실직에 대한 불안도 없다. "사랑과 정열만으로도" 살아갈 수 있는 곳이 극장의 세계이며, 극장에 앉은 이는 그야말로 "이 세기의 왕"(『극장』, 46쪽)이다.

그런데 서른 살 젊은이가 앉아 있던 극장으로부터 11년 멀어진 이 시집의 화자에게는 어떤 일이 벌어지는가? "걷다가 어느새 당도한 옛 극장터./ (중략)/ 옛 극장터 앞에서 잠시 누군가를/ 기다려 보다/ 만화 속 풍경처럼 나는/ 다시 걸어간다."(64쪽) 극장은 문을 닫았고 터만 남았으며, 늘 환상으로 가득 차던 커다란 하얀 벽면은 이미 되돌아갈 수 없는 '옛날'일 뿐이다. 영화에 대한 냉소적인 암시의 시 「시여 헛것이여」가 기록하듯 이 환상은 이제 "헛것"(93쪽)임이 밝혀진다. 극장의 시대가 끝장난 것이다!

영화 주인공을 흉내 내며 '이 세기의 왕'이라 자칭하던 자는 애첩을 끼고 이 세기가 그에게 서사시적으로 부여한 역사적이고도 장대한 역할을 수행했다. "어느 날 이 세기의 왕이랄 수 있는/ 자신의 눈앞에서 불가피한 전쟁이 벌어지고/ 그는 오로지 애첩만을 데리고/ 협곡 깊은 곳으로 몸을 숨기게 되는 것이다."(『극장』, 46쪽) 그러나 이젠 변했다. "옛날의 나는 내가 아니었다"(90쪽) 왕이었던 자는 이제 다음과 같은 사실을 시인하고 만다.

> 나는 이 세기의 왕이 아니었음을
> 나는 불혹의 나이를 가진, 더 이상
> 이 드라마의 주인공이 아니었음을
> 뭘 해도 주인공의 그것이 아니었음을
> 아니 처음부터
> 왕이 아니었음을, 주인공이 아니었음을
>
> —「눈을 끔벅거려 보이라니」에서

그래서, 오늘은 어떤가? 소심하고 변변치 못하며, 평범함의 등급에조차 턱걸이를 하다 말다 하는 지금의 이 중년 사내는 애첩을 거느리기는커녕 싸구려 술집에서 미시족에게 어리바리하게 월급이나 털리기 일쑤다. "월급날 지하 무허가 단란주점에서/ 순진한 후배 불러내,/ 무슨 무슨 미시족/ 손 한 번 겨우 잡아 보고 허리 한 번 겨우 껴안아 보고/ 지갑째 털리고 어두운 골목을 혼자서 걸어 나올 때/ 비로소 다시 돈 벌고 싶어지니"(27~28쪽)라고 못나게 중얼거린다.

'극장에서 무덤으로의 이행' 비밀이 여기 있다. 무덤은 시인의 정신 세계 속에서 화려했던 극장의 종말이 만들어 낸 필연적 결과다. "비석도 상석도 없이 무연분묘 한 채 언덕에 있다./ (중략) 묘지 인부들의 호명도 없이 무연 (중략) 극장을 나오며 지었을 웃음소리와도 이젠 무연"(16쪽) 이 구절이 알려 주듯 무덤이란 바로 극장과의 인연이 끊어진 자가 필연적으로 들어설 수밖에 없는 곳이다. 그리고 화려한 극장의 스크린이 찢어진 곳 또는 "잘려 나간 필름"(39쪽)(이는 첫 시집의 "새로운 필름을 예고하는 나날의 극장"(『극장』, 12쪽)과 정확히 대척지에 있는 표현이다.)의 자리에는 변변치 못한 사십 대 월급쟁이의 쓰레기 같은 삶이 있다. 삶이 쓰레기라는 것을 읽어 내기 위해서 그는 무덤(아래서 자세히 살피겠지만, 못 쓰는 고기를 버리는 일종의 쓰레기통) 아래로 내려가 썩은 해골을 집어 들 필요가 있었던 것이다. 그리고 외친다. "우리의 다음은 썩은 쓰레기이리라."(66쪽)

그런데 성윤석의 '쓰레기론'을 살피기 전에 극장을 좀 더 세심하게 폐업해야 하지 않을까? 시인의 모든 시를 쏟아 내게 했던 극장이라는 시 공장은 정말 영영 폐기된 것인가? 극장 폐기의 의미를 단순히 결론지어서는 안 될 것이다. 영예와 쇠락 사이에도, 극장과 묘지 사이에도 사실 극단적인 이분법은 불가능하며 칼로 자른 듯한 단계의 구별도 없는 까닭이다. 단순화한 허구적인 구성 속에서가 아니라면 삶은 어느 순간 갑자기 쇠락하지 않는다. 우리가 모르고 있었을 뿐 삶은 애초에 쇠락해 있다. 우리는 왕좌를 가진 적도 잃어버린 적도 없으며 "처음부터/ 왕이 아니었음을, 주인공이 아니었음을"(101쪽) 지금에야 깨달을 뿐이다. 그렇다면 극장으로 내려가는 동작은 묘지로 내려가는 동작을 이미 어떤 식으로든 숨기고 있지 않겠는가? 『극장이 너무 많은 우리 동네』에서 극장으로 내려가는 모습이 마치 지하 무덤으로 내려가는 모습과 닮은 것은 바로 이런 까닭이다. 그는 무덤 속으로 들어가듯 극장으로 들어간다. "극장에 가면/ (중략) 깜깜한/ 지층 한 발 한 발 밑을 요량하며/ (중략)/ 밑바닥 꺼져/ 우리가 사라질지도 모르는/ 의자에 앉아" (『극장』, 12쪽)와 같은 구절은 전형적인 옛 분묘 탐색자의 모습을 담고 있다.(이렇게 밑바닥이 꺼져 우리가 사라질지도 모르는 불안한 상태에서 환상의 스크린을 보여 주던 극장 의자는, 이번 시집에서 환상의 소멸과 함께 혼란투성이 최악의 생으로 결론지어진다. 다음과 같은 유사한 표현 속에서 말이다. "발밑이 순간순간 끝 모를 곳으로 꺼져 버리는/ 혼란투성이의 생"(40쪽)) 결국, 극장에서 분묘 탐색자처럼 더듬더듬 헤매던 서른 살의 시인은 영화 같은 삶을 꿈꾸던 와중에도 이미 시체에 대한 취향을 암암리에 드러내고 있었다고 봐야 할 것이다. 대상을 시체로 파악하는 다음 구절에서 알 수 있듯이 말이다. "흰 눈이 뭉쳐지거나 나무들이 베어져/ 사람들이 되어 갔다 복개천 부근에도/ 헝겊으로 만든 사체가 머리를 아무 쪽으로나/ 둔 채 누워 있었다"(『극장』, 38쪽) 『극장이 너무 많은 우리 동네』를 철없는 젊은이의 환상에 대한 기록으로 둥둥 떠다니지 않게 하는 힘이 바로 여기 있다. 영화를 꿈꾸는 삶의 배후에서 중력처럼 잡아당기는 무덤과 시체라는 세상의 비밀, 이 시집에 와서야 전면적으로 노출된 그 비밀을 그는 이미 얼마간 알아채고 있던 것이다.

그렇다면 극장의 스크린은 마치 숨겨 놓았던 그림을 이제야 보여 주듯 묘지 풍경을 보여 줄 수 있지 않겠는가? 아직 허물어지지 않은 매우 특별한 영화관이 어딘가 한 채쯤 남아 있지 않겠는가? 막다른 골목 같은, 해골의 비밀을 숨기고 있는 극장, 그러므로 더 이상 환상으로 묘지를 가리지 못하는 실패한 극장, 문 닫은 극장 말이다. "산역 인부 하나가 삽을 들고/ 무덤들을 내려다보고 있는 게 아니겠어요./ 자신의 영화를 혼자서 돌리고/ 또 돌리는 실패한 영화감독처럼"(38쪽) 화자는 이제 터만 남은 극장에 앉아 스크린도 벽도 없이 휑하니 뚫린 전면을 통해 세상 마지막

장면인 묘지들을 바라본다. 11년 전 영화 같은 삶의 환상 속에서 떠돌아다니던 극장은 이번 시집에서야 비로소 묘지 중턱에서 자기 자리를 찾고 영원히 고정된 하나의 프로그램만을 상연하게 된다. 무덤이라는 프로그램 말이다.

3 쓰레기

이렇게 그는 하나의 극장에서 또 다른 극장으로 향했다.("나는 극장 통로를 천천히 빠져나와야 했다./ 그리고 다시 다음 극장으로 가는 고속도로에 있었다."(42쪽)) 그런데 묘지를 상연하는 이번 극장은 어떤 방식으로 '쓰레기'로서의 삶을 보여 주는가? 시체를 만지는 사내는 어떻게 죽은 자의 표정에서 쓰레기의 정보를 읽어 내는가? 삶의 정수를 시야에 몰아넣기 위해서 문학은 무덤이라는 렌즈에 눈을 가져다 대곤 하였다. 가령 조이스는 아일랜드 사회를 바라보기 위해서 하나의 관(무덤)이 필요했다. "아일랜드 사람의 가정은 각자의 관이니라."(제임스 조이스, 김종건 옮김, 『율리시즈(상)』(범우사, 1988), 215쪽) 지나가면서 하는 말이지만, 『율리시즈』의 6장, 그리고 "눈물 맺히던 그곳에는 애벌레가 기어다닌다."라는 송장에 대한 묘사(90행)가 들어 있는 발레리의 「해변의 묘지」와 더불어, 성윤석의 시들은 끔찍한 무덤 속 풍경을 가장 적나라하게 묘사하는 그리 많지 않은 기괴

한 문학적 성과에 속한다.(가령 「알박기」를 보라.) 시인의 사유가 묘지를 통해 궁극적으로 쓰레기에 가닿고 있다는 것은 그가 사윳거리로 무덤들 가운데 무연분묘를 가장 선호한다는 데서도 잘 나타난다. "묘적부에서도 지워져 버린, 아무것도 알 수 없고 아무도 알려 하지 않는 연고 없는 무덤 한 채 저 언덕 위에 있어"(16쪽) 무연분묘는 왜 쓰레기인가? 쓰레기의 정체성은 그것과 필연적으로 결합하는 동사 '버리다'로부터 얻어진다. 무용지물이 되어 '버려지는' 것이 쓰레기다. 무연분묘야말로 "버려진 무덤 한 채"(102쪽)이며, 쓸 곳도 없고 처치곤란한 쓰레기인 것이다.

사실 본질적으로 묘지라는 곳은 쓸 곳이 없는 죽은 고기, 다시 말해 계속 옆에 두었다가는 악취를 풍기는 쓰레기를 가져다 버리는 곳이 아닌가? 밀란 쿤데라 소설의 한 주인공이 정확히 이해하듯 말이다. "프란츠에게 공동묘지는 뼈와 돌을 버리는 흉칙스런 쓰레기장이었다."(밀란 쿤데라, 송동준 옮김, 『참을 수 없는 존재의 가벼움』(민음사, 1988), 132쪽) 성윤석의 묘지도 온갖 것이 다 버려지는 쓰레기장이다. 먼저 애완견이 묘지 관리 사무소 근처에 버려진다. "오늘도 누가 애완견 한 마리를 사무소 앞에 버리고 갔답니다./ 저 꼬리치는 놈을 보세요. 밥 달라고 말이에요."(52쪽) 그다음엔 "미혼모가 버리고 간 쓰레기통 속의 아이"(20쪽)의 시체가 공동묘지로 인도된다.(쓰레기통에 버렸다는 문자 그대로의 의미로 이 시체는 정확히 쓰레기다.)

쓰레기란 무엇인가? 그것은 일종의 사물임에도 사유의 대상으로 삼기 매우 어려운 사물이다. 쓰레기는 하나의 존재자임에도 쓰레기의 존재론(쓰레기의 존재에 대한 사유)이란 것은 있었던 적이 없는 까닭이다. 왜 그런가? 존재자는 그것이 가진 '기능'이나 '아름다움'이나 마땅히 갖추어야 하는 '형상(form)'을 통해 존재의 근거를 얻게 되며(이 근거를 해명하는 일이 존재론이다.), 존재자가 갖추어야 할 이것들(존재자에 근거를 주는 것들)이 망가지고 상실되었을 때 그 존재자는 쓰레기가 된다. 따라서 쓰레기는 필연적으로 존재론의 시야 바깥에 떨어질 수밖에 없다. 그러나 쓰레기는 엄연히 존재하는 것이 아닌가? 존재론 바깥을 스캔들처럼 떠도는 '잉여' 존재로서 존재론을 늘 위협하면서 말이다.

그러니까 쓰레기는 '무'가 아닌 것이다. 이런 쓰레기의 존재를 사유하는 것(즉, 존재론의 위반!)에 무슨 뜻이 있을까? 아마도 쓰레기야말로 산업사회에서의 삶에 접근하기 위한 가장 훌륭한 통로일 것이다. 레비나스는 이렇게 말한다. "사물들은 어떤 면에서 산업도시들처럼 존재한다. 여기서 모든 것은 생산이라는 목적에 맞추어져 있지만, 또한 가득한 매연과 쓰레기와 슬픔 자체가 존재한다. (중략) 그 사물의 헐벗음은 그것의 무용성이며 (중략) 그 사물은 언제나 탁하고 적대적이며 추하다."(E. Levinas, *Totalité et infini*(La haye: Martinus nijhof, 1961), 46쪽) 바로 잉여 존재, 추한 것, 쓸모없는 것, '생산의 목적에 위배되는 것'으로서, 산업사회가 온갖 청결함과 깔끔함과 세련됨으로 숨기고 있는 이 쓰레기가 역설적이게도 산업사회에서 사물의 존재 양식의 정수라는 것이다. 고도로 발전한 자본주의에서 사실 쓰레기란 용납할 수 없는 것이다. 자본주의는 쓰레기를 싫어한다. 그것은 생산과 소비 과정의 불완전함으로 인해 생기는 자원의 낭비이기 때문이다. 자원의 효율적 활용이라는 이상에 맞추어 쓰레기가 잉여적인 것으로 남아 있을 새도 없이 말끔한 상품으로 재생산되게끔 하는 것이 자본주의의 꿈이다. 쓰레기의 잉여성을 도무지 참아 내지 못하는 자본주의의 생산과정을 묘사한 성윤석의 다음 구절을 보라. "끝없이 재생되는 플라스틱 잔해들이다./ 잔해들은 분쇄기에 달려들어 가/ 다시 가루가 되고 곧 사출기 속에서/ 녹아 새로운 금형을 기다린다./ 샴푸 뚜껑들이 하얗게 쏟아졌다."(63쪽) 쓰레기가 반드시 원료로 재활용되어야만 합리적인 생산과정의 이상은 실현된다. 투르니에의 표현을 빌리면 "쓰레기 앞에서 인색한 후회를 하는 자들"(미셸 투르니에, 이원복 옮김, 『메테오르 1』(서원, 2001), 102쪽), 그러니까 쓰레기의 유출로 자원이 낭비되는 것을 통탄하는, 합리적인 산업사회의 설계자들은 "생산과 소비라는 2대 기능이 쓰레기 없이 이루어지는 것을 생각한다. 그러나 그것은 완전한 도시 변비증에 대한 꿈이다."(같은 곳) 잉여물 없이 오차를 만들지 않고 생산과 소비가 대응하는 것은 이루어질 수 없는 꿈이며, 체제의 도달할 수 없는 환상이다. 산업사회 도시는 그 도시의 청결과 꿈에 대한 모든 표어들, 수억 원을 들여 억지로 만든 이미지들(가령 올림픽을 유치하려고 화장한 도시들에서 흔히 보는)이 무색하게도, 그것의 세련됨에 대한 저주로 생겨난 샴쌍둥이 같은 도시 쓰레기를 끌고 다녀야 한다.

만일 사정이 그렇다면 결코 재생하지 못하는 것들, 즉 늘 쓰레기로 남는 것들에 대해 사유하는 것은, 정확히 계산된 체제의 합리적 과정이라는 이상을 방해하는 이물질이 유령처럼 떠돌고 있음을 폭로하는 '정치적 행위'가 아니겠는가? 바로 이 지점에서 쓰레기에 대한 성윤석의 사유가 가지는 의의를 발견할 수 있다. 도시가 재활용하지 못하는 가장 대표적인 쓰레기가 바로 시체다. 어떤 도시도 반가워서가 아니라 마지못해서 시체를 수용한다.(아, 물론 대왕이나 성자의 유골처럼 위조지폐로 사용되는 시체는 여기서 예외다. 우리가 말하는 것은 죽어서도 그저 보통인 자들이다.) 시체는 늘 도시의 불청객이다. 이렇게 말이다. "여자 시체 하나가 있었다./ (중략)/ 사내들이 나와 (오오 이 땅에서 죽은 게 아니라고)/ 장대로 서로의 기슭을 향해/ 몰아붙이고 있었다."(43쪽) 시체들 또는 그들의 아파트인 묘지야말로 도시가 어쩔 수 없이 낭비하는 것, 실은 도시 안의 어떤 합법적인 자리도 주기 싫은 것, 골치 아픈 것이며, 잉여적인 것이다.(예외로 민속학자와 고고학자 들은 묘지를 반기지만, 그때 묘지는 묘지로서의 본래적인 의미를 이미 상실했다. 누구도 유물로서의 가능성에 투자하는 심정으로 매장하지는 않으니까 말이다.)

그러니까 시체야말로 합리적 생산과정의 불완전성을 폭로하는 스캔들, 바로 쓰레기의 대표자가 아니겠는가?(시체와 더불어 자연 과정의 양대 쓰레기인 배설물도 이미 연료의 형태로 생산과정에 뛰어들었으니, 이제 인간의 시체야말로 쓰레기의 유일한 대표자로 불려 마땅하다.) 따라서 성윤석이 '쓰레기로서의 삶'과 '시체의 집인 무연분묘'를 이렇게 동일시 내지 중첩시키는 것은 당연한 일이다.

어젯밤의 의지와 능력은
벌써 쓰레기통에서
생과 함께 늘어진다.
(중략)
껍데기도 없이
투구도 없이
내놓고 사는 것들은 쓰레기다.
흔적도 없이 사라진 무연분묘

—「소라」에서

무연분묘에 들어 있는 해골은 결국 쓰레기통 속에 들어 있는 생을 가리켜 보인다. 모든 하찮은 것들, 지리멸렬한 것들, 초라하고 지친 것들, 그러니까 체제의 쓰레기에 해당하는 것들을 발견하기 위해선 묘지로 들어가 무용(無用)의 해골을 집어 들 필요가 있었다. 이제 우리는 모든 보잘것없는 것들에 관한 그의 시구들에 어떻게 다가가야 하는지 좌표를 가지게 된 것이다. 어떤 보잘것없는 삶이 있는가? 화자의 어머니는 같은 정신병원에 있는 젊은 친구를 꼭 챙겨 주고 싶어 한다. "모든 기대가 다 사라진 어머니의 얼굴/ 이제 남은 소원이 있다면/ 같은 병동에 있는 젊은 친구, 나에게 취직 부탁하는 일./ 사회생활이 되면 이 병원에 있겠느냐고/ 원장은 흘려들으시라지만,/ 그 젊은 친구 얘기할 때만 웃으시는 어머니"(28쪽) 이렇게 더 이상 아무런 유용한 기능(사회생활)도 하지 못하는 인간이 '무'가 아니라 하나의 '존재자'로 포착되기 위해선, 그리고 그 존재자를 발견한 어머니의 시선을 알아채기 위해선 묘지와 묘지의 본질인 쓰레기에 대한 긴 성찰, 그러니까 소외된 모든 것들에 대한 탐구가 필요했던 것이다.

4 타인, 그리고 매장되고 싶은 욕망

우리는 이미 성윤석의 가장 중요한 '묘지-욕망'('매장되고 싶은 욕망'을 이렇게 부르자.)에 상당히 근접하고 있다. 결국 성윤석이 쓰레기장으로서의 묘지에서 발견하는 것은 무엇인가?

들판에선 아무것도 서로의 울음소리를 듣지 않는다.

너와 내가 그러하단다.

—「곤충들」에서

개개인을 무연분묘 속에 버려진 쓰레기로 만드는 것은 바로 사람들이 내는 울음소리를 서로 듣지 않는다는 사실이다. '무연'의 표현, 고립의 표현인 "울음소리를 듣지 않는다."라는 진술이 타인과의 관계의 근본을 구성한다.("너와 내가 그러하단다.") 물론 그 관계는 '무관계' 외의 다른 것이 아닌데, 그들이 쓰레기답게 서로에게 버려진 까닭이다.

성윤석의 '묘지-욕망'이 작동하기 위해서는 이러한 변변치 못한 것들의 세계, 즉 쓰레기의 세계가 먼저 발견되어야 했다. '묘지-욕망'이란 무엇인가? 우리에겐 특정한 장소에 묻히고 싶은 근본적인 욕망이 있다. 그리스와 유대의 오래된 문헌들이 공통적으로 증언하듯이 말이다. "아버지는 낯선 땅에서 돌아가시기를 소원하셨어요."(소포클레스, 「콜로노스의 오이디푸스」, 1713~1714행) "하느님께서는 너희를 반드시 찾아오실 것이다. 너희는 그때 여기에서 내 뼈를 가지고 그리고 올라가거라."(「창세기」, 50장 25절) 모두들 묻히고 싶은 어떤 곳을 소원한다. 그런데 이 문헌들이 가리키는 묻히고 싶은 특정한 장소란 공통적으로 어디인가? 바로 '여기'와 '다른 곳'이다.

사실 묻히고 싶다는 욕망은 논리적으로 '여기와 다른 장소' 외에는 바라지 않는다. 그것이 지금 주어진 장소라면 욕망이 생길 리 없기 때문이다.(우리는 이미 자기에게 속한 것을 욕망할 수는 없다.) 즉 이 욕망은 늘 '다른 것'에 대한 욕망일 뿐이다. 그렇다면 성윤석의 '묘지-욕망'이 추구하는 다른 곳, 그가 묻히고 싶어 하는 곳은 어디인가? 놀랍게도 그곳은 바로 '타자(다른 자)'다.

그녀는 내가 빌린 집의
작은 난로 같고
내가 오래 먹은 감기약 같고
뼈를 묻고 싶은 사막의 모래 같고

—「오랜 사랑 1」에서

"뼈를 묻고 싶은" 욕망이 가닿는 자리에 타자(그녀)가 있다. 무덤 속으로 들어가 해골을 집어 들었을 때, 발견한 것은 쓰레기였다. 쓰레기의 세계는 '묘지-욕망'이 작동하기 위한 조건이었다. 그리고 「오랜 사랑 1」의 저 아름다운 구절들이 알려 주듯 그 욕망의 정체는 타인을 향한 사랑의 욕망이었던 것이다.

그런데 묻히고 싶다는 희구로 나타난 이 사랑의 욕망은 궁극적으로 새로운 삶과 새로운 세상에 대한 욕망이기도 하다.(사실 신의 아들에 대한 놀라운 유대 신화가 알려 주듯, 무덤이야말로 새로운 삶, 바로 자신의 부활 프로그램을 상연하고자

하는 자라면 반드시 들어가 객석에 앉아야 하는 극장이 아니겠는가? 그리고 이 독생자 이전의 까마득한 옛날부터 이미 우시르와 탐무즈는 부활하기 위해 무덤에 묻혔다.) 그런데 이 새로운 삶과 새로운 세상에 대한 욕망은 새로운 언어에 대한 욕망으로 출현한다. 구조주의가 여러 가지 방식으로 하도 열심히 전도를 해서 이제 딱히 새로울 것도 없는 교리이지만, 세계는 언어적으로 구조화되어 있으므로, 새로운 세계에 대한 욕망은 당연히 새로운 언어에 대한 욕망이어야 한다. 성윤석에게 그 새로운 언어란 어떤 언어인가?

> 달팽이관에 문제가 생겼다나요.
> (중략)
> 전정기관이 망가지면
> 귓속에다 칩을 박고
> 언어를 다시 배워야 된다고 하지
> 않겠어요. 저는 언어를 다시 배운다는 말에
> 좋아라 했지요.
> 아, 새로 배울 그 언어는 얼마나 신선할까요.
> 이리 와 봐, 나는 널 좋아해.
> 이런 말을 다시 배울 것 아니겠어요.
>
> —「달팽이관」에서

시인의 욕망이 가닿은 새로운 언어, 세상의 모든 질서를

재편할 그 말이란, 아주 단순한 형태지만 너무 완벽하고 잘 생겨서 사람들이 한 번쯤 꼭 혀 위에 올려놓고 싶어 하는 한마디, "나는 널 좋아해."로 표현되는 사랑의 언어다.

이 위안 없는 삶에서 겨울과 봄 무덤 속으로 끊임없이 내려가는 자는 바로 이 사랑의 말 한마디, 세상이 다시 시작되게 하는 새 언어를 찾고 있었던 것이다. 머리에 눈발 날리고, 또 봄이 산허리를 감을 땐 구름처럼 풀씨를 날리는 묘지들, 그리하여 시야를 가린 눈과 풀씨의 등을 타고 저도 모르게 '공중에 뜬 이 집들'은 일찍 세상을 뜬 아우의 나이처럼 가볍고 슬프다. 공중에 묻힌 자들의 집은 하나하나 바람에 주소를 새긴 무연의 고장인데, 지금 막 저 언어를 배운 이는 바람이 그 집을 영영 돌려주지 않을까 봐, 새 언어를 기도처럼 계속 되뇐다.

(필자: 시인 · 문학평론가)

성윤석

1966년 경남 창녕에서 태어났다.
1990년《한국문학》신인상에
「아프리카, 아프리카」 외 2편이 당선되어 등단했으며,
시집『극장이 너무 많은 우리 동네』가 있다.
묘지 관리 일을 하기도 하는 시인은
죽음이 일상인 자신의 생활공간 속에서 시적 모티프를 얻어
꾸준한 시작 활동을 하고 있다.

공중 묘지

1판 1쇄 찍음 · 2007년 7월 20일
1판 1쇄 펴냄 · 2007년 7월 27일

지은이 성윤석
편집인 장은수
발행인 박근섭
펴낸곳 (주)민음사

출판 등록 · 1966. 5. 19. 제16-490호
서울시 강남구 신사동 506번지 강남출판문화센터 5층 (우)135-887
대표전화 515-2000 / 팩시밀리 515-2007
www.minumsa.com

값 7,000원

ISBN 978-89-374-0757-4 (03810)